변온동물

암사자북스

개는 아주 먼 곳에서 죽었다.

성미는 외할머니가 돌아가셨을 때도 눈물 한 방울 흘리지 않았다. 성미가 슬퍼할 것은 따로 있었다. 외할머니의 죽음으로 엄마가 성미의 유일한 혈육이 된 것이었다. 유일한 존재는 성미에게 통증과도 같았다. 장례식장에서도 마찬가지였다. 따악- 따악- 소리가 나도록 성미의 엄마는 성미의 머리를 연신 때리며 욕을 해댔다.

"제 먹을 것만 아는 돼지 같은 년.
정이라고는 눈곱만큼도 없는 머저리 같은 년.
나 죽으면 신나서 춤이라도 출 년."

성미는 엄마의 말이 완전히 틀린 것은
아니라 생각해 억울하지 않았다. 틀리지 않은
말이라고 서운함을 느끼지 말란 법도 없지만,
일일이 억울함이나 분함을 느끼기엔 이런 일은
너무나 빈번하게, 하루 삼시세끼를 먹는 일처럼
평범하게 일어나는 일이었다. 이까짓 구박에
눈물을 흘릴 성미가 아니었다. 그러나 성미는

외할머니의 장례식장에서 눈물을 보였다.
오른쪽 눈에서 주르륵 눈물이 흘러내렸다.
마음의 문제가 원인이 아니었다. 순전히
외부적인 자극 때문이었다. 머리를 쥐어박힐
때마다 엄마의 왼팔 상복 소매가 성미의 눈을
찔러댔다. 평소 엄마의 앞에선 눈물 한 방울
보이지 않던 성미였다. 성미의 엄마는 적잖이
당황했다. 눈물 흘리는 사람을 욕하며 계속
쥐어박는 일, 그러니까 고인의 외손녀에게
그런 일이 일어난다는 것은 장례식장을 찾는
사람들의 이목을 끌기에 충분했다. 엄마는
그런 식으로 평판을 깎아 먹는 것을 싫어하는
사람이었다. 성미의 엄마는 머리를 쥐어박으며

악담을 퍼붓던 일을 그제야 멈췄다. 그 덕에 성미도 금세 말끔한 얼굴이 되었다. 볼 언저리에 남은 눈물을 훔쳐낸 성미는 장례식장 안에 있는 과자 자판기 앞에 섰다. 성미는 주머니에 가진 돈 모두를 자판기에 밀어 넣었다. 붉게 표시된 버튼을 골고루 모조리 눌렀다. 후드득 후드득, 자판기 상품 토출구로 성미를 살찌울 것들이 쏟아져 내렸다. 성미의 입가에 미소가 번졌다.

개는 장맛비가 내리던 6월의 어느 날, 성미의 품에 안겼다. 그래서 개는 '썸머'나 '레인' 같은 이름을 가질 뻔했다가 6월을 의미하는 '준(JUNE)'이 됐다. 썸머, 레인 같은 이름은 너무 개 같은 이름이었다. 개에게 개 같은 이름을 붙이고 싶지 않은 것이 준이 처음 준으로 불리게 된 이유였다. 성미는 그게 꼭 마음에 들었다.

준은 도랑 옆 풀밭에서 고등학생이던 성미가 처음 발견했다. 성미는 꾀죄죄한 몰골을 하고서 가늘게 떨고 있는 개를 힘겹게 들어 올렸다. 성미는 힘쓰는 것은 여느 남학생들보다 잘할 자신이 있었지만, 개는 꽤 무거웠다. 제대로 안아 들기 위해 한참을 씨름해야 했다. 다행히 개는 큰 저항 없이 성미의 품에 안겼다.

"준, 주운, 준."

 성미는 태어나 처음으로 온기가 있는 어떤 존재에 이름을 붙인 셈이었다. 그것이 즐거워 집으로 가는 내내 히죽히죽 웃었다. 쓰고 있던 우산은 버린 지 오래였다.

 대광 샷시 앞을 지날 때였다. 개를 끌어안고 가는 성미를 누군가 불러세웠다. 대광 삼촌이었다. 물론 진짜 삼촌은 아니었다. 마땅하게 부를만한 호칭이 없어 언제부턴가 삼촌, 하고 부르기 시작했던 것뿐이었다. 물론 혈연 관계가 아니더라도 엄마, 아빠, 이모, 삼촌 가릴 것 없이 생길 수는 있지만 **성미**는 대광 삼촌을 '삼촌' 하고 부를 때마다 찜찜한 기분을 떨칠 순 없었다. 진짜 삼촌이라면 엄마와 때때로 안방 침대를 공유하진 않을 것이었다. **성**미는 고등학생이었지만 그 정도쯤은 충분히 알 수 있는 나이였다. 엄마는 대광 삼촌에게 삼촌이라 부르는 것에 대해선 아무 말도 하지 않았다. 다만 시내에서 오락실을 운영하는 아저씨에게는 삼촌이라 부르지 말라고 당부했었다. 그럼 뭐라고 불러야 하는데, 성미가 되물었다. 엄마는 잠시 집 천장에 바퀴벌레라도 붙은 것을 발견한 사람처럼 골똘히 고개를 쳐들고 골똘히 생각에 잠겼다.

"그냥 너는 오락실 아저씨는 알은체나 뭐라 부를 생각도 하지 말아라."

그 대답에 성미는 엄마의 확실한 애인은 오락실 아저씨로 여기게 됐다. 대광 샷시 사장 같은 애매한 관계, 그러니까 가족처럼 집안을 들락거리지만, 가족도 애인도 아닌 사람. 그런 사람을 부르는 호칭이 이모, 삼촌만 한 것이 없다는 사실. **성**미가 아쉬운 건 단지 그뿐이었다.

"이놈 얼마 전부터 여기 근처를 떠돌던 놈 아니냐."

"그래요?"

"데려가면 네 엄마가 싫어할텐데."

"……."

성미는 입을 꾹 다물었다. 자신도 모르게 개를 안고 있던 팔에 힘을 주었는지, 개가 낑낑댔다.

"이리 내 봐라."

삼촌은 성미에게서 개를 빼앗듯 데려갔다. 목장갑 낀 손으로 목덜미를 과격하게 잡고 개를 이리저리 뒤집어 가며 살폈다.

"두 살 반쯤 됐겠네."

"삼촌이 어찌 알아요."

어찌 아냐고 반문했지만, 성미는 대광 삼촌이 하는 말을 어느 정도 믿을만한 것으로 생각했다. 대광 샷시 앞마당엔 여러 마리의 개들이 묶여 있었다. 한 마리가 사라지면, 조금 더 덩치 작은놈들이 자리를 메우고, 혼자 사는 대광 삼촌이 점심과 저녁에 시켜 먹고 남은 짜장면, 볶음밥 따위를 주식 삼아 먹으며 제 몸을 키워나갔다. 그렇게 대광 샷시 앞마당을 거쳐 간 개만 해도 성미가 본 것만 스무 마리가 족히 되는 듯했다.

"여기 두고 가라."

이곳에 개를 두고 가라면서도 대광 삼촌은 성미에게 개를 건넸다. 삼촌은 성미 엄마의 눈치를 보느라 때때로 말과 행동이 어긋나는 사람이었다. 개는 순순히 성미의 품에 안겨 오들오들 떨었다. 가을 갈대 같은 까슬한 털에서 물방울이 똑똑 떨어졌다. 준의 체온이 더해진 미지근한 물에 성미의 팔이 젖어 들어갔다.

개가 죽었다는 소식을 알린 건 성미의 엄마였다. 사실 개가 죽었다는 사실을 알리기 위해 따로 엄마가 성미에게 연락을 해온 건 아니었다. 연락을 먼저 한 건 성미였다. 성미는 서울 생활을 정리하고 중소도시인 고향, 화정에 내려갈 생각을 하고 있었다. 준의 온기가 그리웠다. 성미가 어떤 직업을 가졌든, 외모가 어떻든 상관하지 않고 몸을 비비고 꼬리를 흔드는 개, 성미가 직접 이름 붙인 그 존재만 있다면 서울에 살면서 심해진 마음의 병도 나을 것만 같았다. 아니 그것은 확신에 가까운 일이었다.

    준이 살고 있는 집으로 돌아가기 위해선, 그 집의 주인 그러니까 성미의 엄마라는 사람에게 연락을 해두는 일은 꼭 필요한 일이었다. 단지 그뿐이어서 성미는 화정에 돌아가 무슨 일을 할지, 어떻게 지낼지에 대해 생각한 것이 없었다.

「서울 집 정리할 거야. 화정에 내려가려고.」
「너 올해 나이가 몇이냐.」
「딸 나이도 몰라?」
「그걸 궁금해서 묻는 사람이 어딨니? 너는 그런 눈치도 없어서 서울 생활을 어찌했는지 눈에 훤하다. 밥 많이 먹는 식충이인 줄 알았더니, 나이까지 남들보다 배로 먹는 것 같니 너는.」
「서른셋 밖에 안 됐어.」

「서울에선 나이만 잔뜩 먹고 오는구나. 제 마음대로 집 나가버릴 땐 언제고 돈 떨어지니까 집에 들어와 기생하려 그러니? 서점에서 계약직으로 일한다더니, 그런 서비스직은 외모가 생명인데. 보나 마나 온갖 핑계 갖다 붙여 사장이 잘랐을 거다. 나라도 그랬을 거야. 너 같은 직원이 들어왔다 생각하면 소름끼쳐. 사람들이 너 보는 앞에서 흉을 보는 줄 아니? 다 뒤에서 욕한다. 너같이 둔한 애는 알아차리지 못할 곳에서. 분명 돈은 다 먹는 데 썼을 거고. 모아둔 돈 하나 없이 화정에 온다고 꽁으로 있을 생각 말아라. 생활비 받을 거야. 너 먹는 거 보면 남아나질 않아.」

「화정에서 일 구하면 바로 나갈 거니까 걱정 말아. 월세방 구해서 준이랑 나갈 거니까.」

「개, 죽었어.」

성미는 '개, 죽었어' 고작 네 글자로 무언가에 쫓기는 사람처럼 숨이 가빠왔다. 엄마가 막 숨이 멎은 개 사진을 보낸 것도 아닌데 그랬다. 성미는 격화된 자신의 감정이 배신감에서 비롯되었다고 여겼다. 그러나 그 배신감은 엄마에게서만 기인한 것이 아닌 듯했다. 자신에게 허락도 구하지 않고, 연락 한번 없이 감히 죽어버린 개의 몫도 있었다. 배신감의 지분을 생각하는 시간 동안에도 어찌

되었든 그 모든 것을 감내해야 하는 것은 성미,
혼자였다.

「준이가 아팠어? 사고가 났어?」

성미는 덜덜 떨리는 손을 간신히
진정시키고 개가 죽은 이유에 대해 물었다.
엄마는 그에 대한 답변 대신 출처를 알 수 없는
유튜브 영상 링크들만 보내왔다.

「비만세포의 진실, 강남 비만 전문의에게
들어봅니다 http://youtube.com/cile03」
「살 빼는데 최고인 알약 - 다이어트

마스터가 강력 추천하는 BEST 5 http://youtube.com/diet021」

성미는 통화 버튼을 눌렀다. 신호음을 몇 번 듣지도 않았는데, 통화는 엄마로부터 끊어졌다. 성미는 또 통화 버튼을 눌렀다. 이번엔 더 빠르게 끊어졌다.

「내가 너처럼 그렇게 한갓진 줄 아니? 전화 못 받는다.」
「준이 언제 그렇게 됐는데? 걔는 나한테 가족이야. 엄마가 나한테 그러면 안 되지.」
「제 살길만 찾겠다고, 개 버리고 간 년이.

개 보고 가족이라 하는 게 말이 되니? 앞뒤가 맞는 소릴 해라. 석 달 전에 다 죽어가는 걸 삼촌이 샷시 트럭에 태우고 갔다.」

「내가 왜 준이를 버려. 그 집에서 못 살게 한 건 엄마잖아. 엄밀히 말하면 쫓겨난 거지.」

「살은 좀 빠졌니? 여자가 구십 킬로그램이 넘는 게 말이 되지 않는다. 안 본 사이에 백 킬로그램 넘은 거 아닌가 몰라. 동네 부끄러워서... 너 서울에서 직장 구했다고 해서 사람들이 내 앞에서 네 흉보는 일이 줄었는데, 돌아오면 걱정이다. 걱정이야. 얼마 전에 유튜브를 보니 체온이 높아야 살이 빠진다더라. 너도 좀 열심히 찾아보면서 자기관리도 하고

해. 화정 내려오기 전까지 살도 좀 빼고. 사람이 부끄러운 줄을 알아야 한다.」

성미는 목구멍에 끈적한 무언가가 가득 차는 것만 같은 기분이 들었다. 성미는 안에서부터 밖으로 울컥 쏟아져 나올 듯한 감정이 차오르는 때가 잦았다. 참기 힘든 것이지만, 그것을 잠시 눌러둘 줄 아는 요령은 있었다. 성미는 그것이 자신이 가진 몇 안 되는 재능쯤으로 여겼다. 끅끅대는 소리가 났지만, 성미는 성공적으로 터져 나오는 울음을 참아냈다. 성미는 휴대전화를 집어 들었다.

성미는 알뜰한 사람이었다. 그녀의

휴대전화 배경 화면엔 각종 포인트를 모을 수 있는 앱, 선물 받은 쿠폰을 현금으로 바꿀 수 있는 앱들이 가득했다. 그 중엔 가계부 앱도 있었다. 성미는 두 종류의 가계부 앱을 썼다. 파란 지갑 모양이 그려진 앱과 달러 표시가 그려진 앱 두 종류였다. 가계부 앱은 성미가 가장 자주 사용하는 것이었다. 특히 성미는 달러 표시가 그려진 앱을 수시로 열었다 닫곤 했다.

파란 지갑 모양의 앱은 번 돈과 쓴 돈을 기록하는 가계부로 사용했다. 월급 168만 5천 9백 7십 원이 '입금' 내역으로 처리되면, '출금' 내역이 하루가 다르게 숫자를 높여갔다.

옷 쇼핑을 즐기는 것도 아니고, 성미가 살고 있는 집이 서울 평균 월세 금액에 비해 높은 것도 아닌데도 숫자는 금세 0에 수렴하곤 했다. 아무리 아껴도 아낄 수 없는 것들이 대부분이었다. 가계부의 월별 통계의 원그래프에는 67%의 비율로 '식비'가 차지하고 있었다.

    달러 표시가 그려진 앱으로는 성미가 하루 동안 사용한 시간을 최저임금으로 환산해 기록하고 있었다. 매일 '입금' 내역엔 24시간이, '출금' 내역엔 성미가 쓴 시간을 돈으로 환산해 입력했다. 성미의 1시간은 곧 최저시급이었고, 식비가 되었다. 시간을 밥으로 바꿔 먹으며 사는 데 익숙해진 시급 인생에게 이런 식의 기록은 삶을 살아가는 또 다른 방식 중 하나였다. 성미의 한 시간은 구천육백이십 원이었다.

성미는 울음을 참으며 달러 표시가 그려진 앱을 실행했다. 지출 내역 버튼을 누르고, 잠시 고민하는 시간을 보내다가 이내 '준이 애도'라는 항목을 입력했다. 예상 지출 시간은 3시간. 구천육백이십 원에서 3시간을 곱한 금액인 이만 팔천팔백육십 원을 입력했다.

[$ 지출 내역]
준이 애도 (3시간)
28,860원

저장 버튼을 누르기 무섭게 성미는 울기 시작했다. 준을 위해 3시간, 삼만 원이 안 되는 시간을 쓰기로 한 것은 그녀에게 비교적 큰 지출이지만 괜찮았다. 준은 성미에게 유일한 온기였다. 자신을 식충이에 무능력한 짐 덩이로 취급하는 엄마와 달랐다. 입버릇처럼 성미의 엄마가 말하던 '양심'을 지키기 위해, 성미는 엄마의 요구 사항을 자주 들어주곤 했다. 겨울이면 수족냉증에 효과가 좋다는 음식을 사 먹어야 한다며 계좌번호를 부르면, 꼬박꼬박 돈을 부쳤다. 그렇게 보낸 돈만 수십만 원이었다. 군말 없이 보냈지만, 무척 아깝게 느껴지는 돈이었다. 준을 위한 시간, 성미는 최선을 다해 아낌없이 울기로 했다. 성미의 작은 집은 큰 산짐승 우는 소리로 가득 찼다.

울기 시작한 지 30분이 지났을 때, 성미는 요란하게 울리는 알람 소리에 정신을 빼앗겼다. 휴대전화 알람 메모에는 '우울증 약'이 떠 있었다. 얼마 전 정신과에 들러 처방받아 일정 시간마다 먹어 온 것이었다. 성미는 알람을 끄고, 약 먹는 것도 건너뛰었다. 약의 효험이 없는 시간 동안엔 '준이 애도'를 보다 집중적이고도 효율적으로 할 수 있을 것만 같았다. 우울이 인생에 도움이 되는 때도 있구나, 성미는 생각했다.

성미의 울음이 뚝 끊긴 건 그로부터

고작 10분이 더 지난 시간이었다. 성미는 어미를 찾는 새끼 염소처럼 매애- 하고 우는 소리를 내어 보기도 했지만, 이미 울음은 바짝 말라버려 바닥을 보인 우물 같았다. 성미는 잠시 마른 장판 바닥을 내려다보다가, 옷소매로 대충 눈가를 닦았다. 건조한 탓에 눈물이 그사이 바짝 말라 있었다. 눈물이 흘렀던 흔적만 남은 푸석한 얼굴에, 성미의 싸구려 티셔츠 소매가 까슬까슬하게 쓸렸다. 성미는 다시 달러 모양 앱을 켰다. 지출 내역을 수정했다.

[$ 지출 내역]
준이 애도 (1시간)
9,620원

'너무 먼 데서 오래전에 죽어버렸으니까. 1시간이어도 충분해.'

원래보다 70퍼센트쯤은 할인된 값으로 울었지만, 거울 속 성미의 눈은 몇 날 며칠을 운 사람처럼 퉁퉁 부어 있었다. 성미는 손바닥을 비벼 눈에 갖다 댔다. 임시로 만든 온기는 눈에 갖다 대기도 전에 금세 식어버렸다. 부기 빼는 데 도움이 되는지 알 수 없는 그 동작을 여러 번 반복하는 동안 눈이 눌려 시야가 흐릿해졌다. 성미는 언제 울었냐는 듯 거울 속 자신의 모습에 집중했다. 온전치 않은 시력으로 바라본 거울 속 자신의 모습은 평소보다 훨씬 더 나아 보였다. 그러다 차츰 시력이 돌아오며 새로 올라온 화농성 여드름과 과거에 머물렀던 여드름이 남긴 거뭇거뭇한 흉터가 초저녁 별이 떠오르듯 하나씩 선명해졌다. 못 볼 것을 본 것처럼 화들짝 놀라며 성미는 거울에서 시선을 거두었다.

    성미의 휴대전화는 성미의 엄마로부터 온 메시지 알림으로 가득했다. 온통 다이어트 성공 수기, 홈트레이닝, 식단 관리법 같은 비만 관련 유튜브 동영상 링크였다. 답장 대신 성미는 새로 바뀐 엄마의 프로필 사진을 눌러 확대했다. 성미의 엄마는 2~3일에 한 번, 늦어도 일주일에 한 번은 프로필 사진을 바꾸곤

했다. 성미는 엄마의 모든 것이 치가 떨리도록 밉게 느껴지는 편이지만, 그녀가 사진을 바꿀 때마다 어쩐지 한 번씩은 꼭 눌러보게 되었다.

사진 속 엄마는 늘 새로운 장소, 웃고 있는 사람들과 함께 몸에 잘 맞는 새 옷을 입는 사람이었다. 이번에 바뀐 사진은 산 정상에서 찍은 것이었다. 딱 달라붙는 연분홍 레깅스를 입은 엄마가 산 정상의 비석에 비스듬히 기대고 서 있었다. 한 유명 걸그룹 출신 배우가 '뒤태미인'으로 명성을 얻게 되었던 그 자세를 하고서다. 짧은 상의 아래로 선명하게 갈라진 엉덩이 두 쪽이 드러나 있었다. 성미는 엄마의 엉덩이를 보는 일이 그리 유쾌하게 느껴지진 않았으나, 그런 모습은 부러움 비슷한 감정을 일으키기도 했다.

"엉덩이를 탱탱하게 업 시키면, 인생도 레벨업 되는 거야. 나를 봐라. 나이 치고 동안인 미모에, 운동으로 몸매를 탄탄하게 업 시키니 남자들이 달라붙지 않니. 제 분수보다 훨씬 더 나은 사람 만나고 싶으면 자기관리는 필수인 거야."

고등학교 때 성미는 기말고사 문제집을 풀면서, 엄마의 인생론을 뒤통수로 들은 적 있었다. 물론 성미가 알려달라 한 것은 아니었기에, 엄마는 성미가 들든 말든 제 할 말을 마치고 한 트로트 가수의 노래를 열창하기 시작했다. 문제집의 내용이 눈에 하나도 들어오지 않았지만, 성미는 책 보는 척하는 일을 멈추지 않았다. 그때 보았던 공부 내용은 하나도 기억나지 않는데, 엄마의 말은 때때로 선명하게 떠올라 성미의 머릿속을 맴돌곤 했다. 세월이 흐른 지금 성미의 엄마는 그때보다 훨씬 더 나이 들었지만, 그녀의 신념은 변함없었고 실제로도 스스로 증명하고 있는 부분들도 있었다. 나이 많은 엄마의 더 나이 많은 애인들은 돈도 많았다. 때론 결혼을 한 번도 안한 공식적인 총각인 경우가 많았다. 분수에 맞지 않는 건 명백히 성미의 엄마였지만, 그녀는 늘 상대가 자신에게 미안한 마음을 품도록 만들었다. 성미의 엄마를 귀한 진주라며 모셨다. 평생을 사업 하느라 바빠서, 여자 하나 제대로 만나지 못한 머저리가 진주도 아닌 '대왕 진주'를 발견했다며 속도 없이 웃어댔다. 그러나 성미에게는 단 한 번도 새아버지가 생긴 적은 없었다. 나이를 불문한 로맨스에는 모든 것이 허용되었지만, 분수의 차이는 현실적인 장벽을 만드는 모양이었다. 성미 엄마의 오락실 사장 애인만 해도 그랬다. 오락실 사장은 예순다섯의 나이에도 노모의 눈치를 살피는 사람이었다. 장성한 딸이 있는 여자와 살림을

합치는 일은 그의 노모 말대로 '노모의 눈에 흙이 들어간 뒤'에야 가능한 일이었다. 성미 엄마는 레벨업을 위해 한 노인의 죽음을 간절히 바라고 있는지도 모르겠다.

성미는 휴대전화를 만지작거리며, 입을 삐죽이며 엄마가 자주 하던 말을 혼잣말로 중얼거렸다. 외모는 닮지 않았지만, 엄마의 목소리를 꼭 빼닮은 성미였다.

"사-람이 부-끄러운 줄을 알아야지."

[$ 지출 내역]
미용 (1시간)
9,620원

성미는 '미용'이라는 지출 내역을 입력하고, 증강현실(AR) 기술로 얼굴을 연예인처럼 만들어 주는 앱을 켰다. 전면 카메라가 성미의 얼굴을 비추자, 마치 휴대전화가 작은 손거울처럼 바뀌었다. 역할은 손거울이지만, 거울 속에 비친 모습은 성미 본래의 모습과 큰 차이가 있었다.

미백 70
모공 80
얼굴 작게 65
눈 크기 80
코 좁게 15
광대뼈 10

지난번에 설정한 값에 정확히 맞춰진 또 다른 성미가 화면에 떠올랐다. 화면 속 성미만으로도 만족스럽지만, 개의 죽음으로 애도의 시간을 보낸 성미는 오늘 더 특별해야만 할 것 같은 기분이다. 울적한 기분에 어울리는 회색 서클렌즈를 더하고, 눈이 더 또렷하게 부각되는 쌍꺼풀을 추가로 합성했다. 성미는 바뀐 눈이 마음에 들어 눈을 빠르게 깜빡이며 자신의 얼굴을 이리저리 살펴봤다. 한낮에도 햇빛이 잘 들지 않는 어둑한 반지하 방이 성미가 사는 곳이었다. 휴대전화 화면에서 새어 나온 빛으로 성미는 파랗게 웃었다. 그러는 사이 화면 속에만 존재하는 서른여섯 장의 성미가 정성스럽게 저장됐다.

"성미야, 나야."

 속삭이듯 한껏 목소리를 낮춰 성미를 부르는 소리가 방음이 잘되지 않는 현관문을 뚫고 선명하게 들려왔다. 성미의 집에도 빛바래 누레진 인터폰이 있긴 했다. 성미가 이사 왔을 때부터 이미 고장이 나 있어 사용해 본 적 없었던 그것. 성미는 집주인에게 인터폰을 고쳐 달라는 사소한 일로 전화를 거는 껄끄러운 일은 하고 싶지 않았다. 그 덕분에 성미의 집을 찾는 유일한 친구 현주는 문틈에 코를

박고 성미의 이름을 소곤거리며 부르곤 했다. 집주인인 성미가 그렇게 하지 않아도 된다는 데도 굳이 그랬다. 현주는 적어도 자신이 직접 겪어본 어려움을 타인에게까지 체험하게 만들고야 마는 악인은 아니었다. 현주의 자취방은 복도 소음이 문제인 건물이었다. 새벽 2~3시에 배송되는 '새벽 배송' 서비스를 자주 이용하는 203호가 옆집인 204호와 한바탕 몸싸움을 벌인 적도 있었다. 204호는 이른 새벽에 일어나야 하는 자영업자인데, 택배 내려놓는 소리 때문에 더 이른 시간에 잠이 깨 생업에도 큰 타격을 입는다는 주장이었다. 203호는 '새벽 배송'으로 배달되는 재료가 없으면 아침밥을 먹지 못하면 회사에서 능률을 발휘하지 못하고 그로 인해 진급이 누락되면 당신이 책임질 거냐며 맞받아쳤다. 두 사람 모두 양보할 마음이 없었고, 그로 인해 말도 안 되는 주장이 오가는 싸움은 한 달이 넘도록 이어졌다.

"성미 너도 복도 소음을 늘 조심해야 해. 조심해서 손해 볼 것 없지."

손해. 그 단어는 성미가 두려워하는 것 중 하나였다. 손해는 가능성을 품은 단어였다. 얼마나 큰 비용을 품고 있는지 알 수 없는 무한히 큰 가능성. 성미 역시 현주의 말에 조용히 수긍할 수밖에 없었다.

성미는 살며시 문을 열었다. 현주는 발소리도 죽여가며 집 안으로 들어섰다. 신발장에 선 채 기름이 번들거리는 검은 봉투를 성미에게 건넸다. 성미는 한 손으론 봉투의 손잡이를, 한 손으론 둥근 아래를 받쳐 들었다. 물컹하고 따끈한 촉감이 전해져왔다. 안에 든 것이 무엇인지 말하지 않아도 알 수 있었다.

[$ 지출 내역]
현주 방문&수다 (6시간)
57,720원

"포장마차 아줌마가 미안하대."

"왜?"

"떡볶이, 순대, 튀김 다 500원씩 올랐잖아."

"500원이나?"

"최저시급은 440원 올랐는데, 떡볶이는 500원이 올랐어."

"그럼 우리 단골 메뉴인 떡순튀가 총 9천 원이 된 거네. 우리 엄마는 내가 아끼지도 않고 먹는 거로 다 탕진한 줄 알거든? 그런데 그게 아닌 거야. 우리가 뭐 대단히 비싸고 좋은 걸 사 먹는다고. 그저 먹어야 하는 최소의 것들을 살 뿐인데도 이런 거야. 시간을 팔아서, 먹을 걸 사고. 그 먹을 걸로 연명한 시간으로 또다시 남은 시간을 팔고..."

　성미는 포장된 음식을 올려 먹을 접시를 찾으러 그릇 건조대 근처로 다가갔다. 싸구려 음식을 그나마 맛깔나게 보이게 하는 둥근 나무 접시를 집어 들었다. 다이소에서 2천 원을 주고 산 나무 접시였고, 몇 번 세척을 하고나니 금세 빛이 바래고 스크래치가 잔뜩 생겼다. 성미는 이른 아침에 방영되는 생활정보 프로그램에서 세균 전문가라는 사람이 패널로 초대되어 했던 말을 떠올렸다.

　"나무 식기들은요. 관리를 잘하지 못하면

변기보다 더 더럽다고 볼 수 있습니다. 우리 어머님들, 유기농에다 몸에 좋은 음식들 요리하시는 거 좋아하시잖아요. 그런데 눈에 보이지 않는다고 이 세균들 걱정을 안 하신단 말입니다. 다 무슨 소용이겠습니까. 변기에 덜어 먹는 유기농 김치, 변기에 예쁘게 플레이팅한 DHA가 풍부한 생선구이..."

성미의 그릇 건조대엔 다른 대안이 없었다. 성미는 세균이 가득한 나무 접시보다 변기 뚜껑에 음식을 덜어먹는 것이 나을지 모른다는 데 동의를 했지만, 나무 접시 위에 떡볶이를 부었다. 윤기 흐르는 빨간 떡볶이가 보기

좋게 미끄러져 내려왔다. 복잡했던 생각이 단순해지는 순간이다. 앞에 놓인 것을 마음껏 먹고 싶다는 욕망. 성미는 이 순간이 가장 즐거웠다.

    성미는 펼친 뒤로 단 한 번도 접지 않은 접이식 밥상 위에, 접시에 담긴 것과 비닐에 그대로 담긴 튀김과 순대를 올렸다. 현주는 휴대전화를 꺼내 들고 위에 놓인 것을 사진찍기 시작했다. 성미는 밥상 위로 그림자가 생기지 않도록, 몸을 조금 뒤로 젖혔다. '찰칵' 보다는 '철컥'에 가까운 소리가 이어졌다.

철컥- 철컥- 철컥
철컥- 철컥- 철컥

　1인분에 3천 원이 된 떡볶이가 카메라 보정 앱을 거쳐 현주의 사진첩에 박제됐다. 현주는 찍은 사진 몇 장을 골라 몇 초 만에 해시태그까지 잔뜩 달아 인스타그램에 올렸다. 현주는 음식 사진을 맛깔나게 찍는 재주가 있었다. 그녀의 인스타그램 계정을 팔로우하는 사람도 꽤 되었다. 성미와 현주가 먹어 치워 과거가 될 음식 사진에 사람들의 '좋아요'가 쌓여갔다.

　둘은 말없이 연거푸 젓가락질했다. 떡볶이

한 번, 순대 한 번, 튀김 한 번. 그리고 다시 떡볶이 두 번, 순대 한 번, 튀김 두 번. 밥상 위에 놓여 있던 것들은 흔적만 남기고 금세 자취를 감췄다. 성미는 자연스러운 수순을 밟는 것처럼 일어나 싱크대 앞으로 향했다. 찬장에서 면 사리를 꺼내 냄비에 넣고 삶았다. 일반 라면보다 200원이 저렴한 면 사리였다. 삶아진 것을 남은 떡볶이 국물에 던져 넣고, 성미는 노련하게 쓱쓱 비볐다. 현주는 익숙하게 기다렸다. 성미가 참기름을 한 방울 떨어뜨리자, 현주는 때맞춰 젓가락을 집어 들었다.

"성미 네가 서울에 없다는 생각만 해도 벌써 입맛이 뚝 떨어지는 것 같다야."

"네가 어련히 입맛이 없으려고."

"그건 그래. 이 추세대로라면 내 입맛은 죽을 때까지 아니, 내가 죽어서도 살아 있을 것 같아. 아무튼 요즘 같은 팍팍한 세상에 먹는 것 잘 맞는 친구 찾기 힘든데. 그게 얼마나 큰 상실인지 너는 모를 거야."

면 사리가 사라지는 것도 순식간이었다. 동시에 수저를 내려놓은 둘은 몸을 뒤로 젖혔다. 본래도 무덤처럼 둥근 배가 더 크게 앞으로 튀어나왔다. 현주는 낑낑거리며 바지 버클도 풀었다.

 "다이어트는 내일부터지!"

 현주가 외쳤다. 그녀의 말에 성미는
동의도 부정도 하지 않았다. 식사의 마무리쯤
현주가 과식에 대한 죄책감을 해소하기 위한
일종의 주문 같은 말에 불과했기 때문이었다.
게다가 지금까지의 경험으로 미루어 보아
다이어트가 시작될 내일이란 늘 찾아오지
않았다. 주문 같은 말이라도 뱉지 않으면,
배가 잔뜩 불러오고 나서 몰려드는 찝찝한
기분을 털어내기가 쉽지 않았다. 현주는 컵에

남은 얼음 하나를 아드득 아드득, 소리가 나게
씹으며 둥글게 부푼 배를 손으로 만지작거렸다.

"자꾸 이렇게 얼음을 씹어 먹는 사람은
철분이 부족한 거래."
"이렇게 살이 계속 찌는 우리한테도 부족한
영양소가 있을까?"

 현주는 손으로 빵빵해진 배를 두드리며
성미의 집을 둘러봤다. 한눈에 보기에도
세간살이가 많이 줄었다. 성미가 서울 생활을
정리한다는 건 한참 전부터 알고 있었지만,
이제야 실감이 나는 것만 같았다.

스무 살, 아무 연고도 없이 처음 서울에 와 일일 아르바이트를 하며 처음 사귄 친구가 성미였다. 길거리에서 홍보용 볼펜 나눠주는 아르바이트였는데, 현주는 그 일에 적합한 사람이 아니었다. 월세와 생활비를 벌기 위해 일을 해야 했지만, 외모 콤플렉스로 늘 주눅이 들어 있던 현주였다. 불특정 다수를 길에서 마주하며, 뻔뻔한 얼굴로 사람들의 손에 홍보용 볼펜을 쥐여줘야 하는 일은 현주에게 무척 어렵게 느껴지는 일이었다. 동갑내기여서 같은 구역에 배정된 성미는 달랐다. 제 몫의 볼펜을 척척 잘도 나눠주었고, 일 마감 시간쯤엔 현주의 몫까지 덜어갔다. 성미의 등

뒤에 숨다시피 하며 일을 한 현주는 지나가는 사람들과 눈이라도 마주칠 때면 얼굴이 붉게 달아올랐다. 쥐구멍에라도 숨고 싶은 기분은 시간이 지나도 도무지 나아지지 않았다. 성미가 선창하면 기어들어 가는 목소리로 후창하며 꾸역꾸역 일을 이어 나가는 것이 최선이었다.

"중현 사거리에 '형제 정육' 오픈했어요. 어머님 여기 볼펜 받아가세요."

"...중현 사거리, 형제 정육..."

"아직 아가씨들 같은데 정육점을 오픈했어?"

"아뇨, 어머님. 저희는 알바생이에요."

"정육점을 운영한다 그래도 믿겠어. 잘 어울려. 둘이 이렇게 세트로 있으니까. 당신도 그렇게 생각하지?"

"떡대가 있으니까 아무래도... 볼펜 받았으면 얼른 가자고."

현주는 성미가 마음에 들었다. 성미와 달리 서울 안에 있는 중위권 대학에 다녔던 현주는 그 뒤부터 성미를 소위 '꿀' 아르바이트 자리에 함께 데려가기 시작했다. 대학교 아르바이트 게시판에는 일반 구인 공고 사이트에서 잘 보지 못하는 대학생용 쉬운 일자리 공고가 자주 올라왔다. 성미는 현주의 든든한 방패막이가 되어주었고, 성미는 현주 덕에 일 대비 괜찮은 시급을 주는 곳에서 일을 할 수 있었다.

"나도 성미 너처럼 당당했으면 좋겠어. 고등학교 때 애들이 멧돼지라고 놀리고 따돌린 뒤부터 남들 앞에 서는 게 쉽지 않아."

"나도 당당하진 않아."

"근데 어떻게 그렇게 사람들 앞에서 말을 잘해? 난 입을 떼기 전부터 이미 얼굴이 화끈거려서."

"우리 엄마보단 나으니까."

"응?"

"세상에 우리 엄마보다 더 독한 말을 나한테

쏟아내는 사람은 없을걸. 게다가 일면식도 없고 다시 마주칠 가능성이 거의 없는 사람들이잖아. 그 사람들이 내 월세를 내 줄 것도 아니고."

현주는 성미와 함께면 자신감이 생겼다. 성미의 의외로 당당한 모습에 자극받는 부분도 분명히 있지만, 현주 자신도 인정하고 싶지 않은 진짜 이유는 따로 있었다. 성미는 현주보다 키는 10cm가 컸고, 몸무게는 20kg 정도 많이 나갔다. 성미와 나란히 있으면 현주는 상대적으로 체구가 더 작아 보였다. 성미 옆에 서 있으면 현주는 그토록 원하던 상대적으로 작은 사람이 되었다. 매번 다짐만

하는 다이어트에 성공하지 않아도 쉽게 그렇게 될 수 있었다. 현주는 성미를 자주 찾았다. 함께 길을 걸었고, 외식을 했고, 성미에게 집중되는 시선을 은근히 즐기기까지 했었다.

　성미는 현주가 자신의 존재로부터 이기적인 위안을 얻는다는 사실을 어렴풋하게 알고는 있었다. 하지만 그것은 적어도 완전한 배신은 아니었다. 적어도 현주는 성미가 지금 모습 그대로 곁에 남아주길 바라는 유일한 사람이었기 때문이다. 게다가 현주가 성미 곁에 남아 있는 진짜 이유가 어찌 됐든, 성미에게 현주는 고마운 사람이었다. 성미가 고래 서점에서 일할 수 있었던 것도 어찌보면 현주의 보은에 가까운 노력이 있었기 때문에 가능했다. 고래 서점 일자리도 현주가 다니는 졸업생 게시판에 휴학생이나 졸업 후 취업을 준비하는 학생들을 대상으로 올라온 것이었다. 현주는 고래 서점에 일하고 싶다고 지원서를 내었다가 합격 통보를 받은 뒤, 첫 출근 날 갑자기 큰 수술을 받게 되었다는 핑계를 대며 성미를 대신 보냈다. 갑작스러운 펑크에 사장은 어쩔 수 없이 성미를 고용했다. 졸업생이었던 현주는 정규직으로 채용될 예정이었으나, 성미는 계약직 근로계약서를 썼다.

"한 달 뒤에 화정에 내려가기로 했다면서,

뭐가 그리 급해서 짐을 이렇게 빨리 치웠어. 그동안 생활은 어떻게 하려고."

현주의 말대로 성미의 이사는 꼬박 한 달 뒤였다. 그 날짜는 이사 당사자인 성미 마음대로 정한 것이 아니었다. 집주인은 계약 기간 전에 방을 빼는 경우엔 부동산 중개 수수료를 부담하라고 압박했다. 처음 이사 나가겠다고 집주인에게 말한 시점으로부터 계약 만료는 두 달 뒤였다. 서점 일을 그만둔 성미는 서울에 더 있을 이유가 없었지만, 이사 시점을 놓고 고민할 수밖에 없었다. 부동산 중개 수수료는 30만 원가량이었다. 홍보용 볼펜을 몇 날 며칠 나눠줘야 간신히 벌 수 있는 돈이었다. 물론 하는 일도 없이 서울에 머물며 두 달 치 월세를 꼬박꼬박 내는 것도 만만치 않았다. 집주인은 부동산 중개 수수료와 별도로 집이 나가기 전까진 보증금 500만 원을 절대 돌려줄 수 없다고 했다. 재개발을 1년도 채 앞두지 않은 이 동네에 새로운 세입자가 빨리 구해질 리 만무했다. 이러다간 월세는 월세대로, 중개 수수료는 수수료대로 부담할 판이었다. 계약 기간을 다 채우며 사는 건 성미의 유일한 선택지였다.

    고래 서점 일을 그만둔 건, 아니 엄밀히 따지면 잘리다시피 한 건 두 달 전이었다.

성미는 지금껏 서울에서 해왔던 일 중 서점 일을 가장 마음에 들어 했었다. 적어도 책 읽는 사람들은 소위 '진상' 짓을 해도 참아줄 만했기 때문이었다. 모퉁이가 찌그러진 책 따위를 조금의 실랑이 후에 반품 처리해 주는 일 정도가 소란의 전부였다. 성미는 1년 11개월마다 한 번씩 계약직으로 서류상 재입사하는 과정을 여러 번 거쳤음에도 따져 묻지 않았다. 성미는 서점에서 주어진 업무를 모두 성실히 해냈지만, 스스로 과분한 자리라 여겼기 때문이었다. 불리한 쪽이 입을 다물어야 한다는 건 누가 가르쳐주지 않아도 알게 되는 모양이었다. 성미가 고래 서점 일을 그만둔 건

3개월 전 입사한 정규직 매니저 때문이었다. 매니저는 고래 서점의 사장과 같은 대학 출신에 얼굴까지 훈훈한 사람으로 서점 직원들의 인기를 독차지했다. 성미도 처음엔 매니저가 좋았다. 그가 일하는 모습만 보아도 피로가 풀리는 것 같은 기분이 들었었다. 성미는 가끔 출근길에 편의점에 들러 원 플러스 원 피로 회복제 따위의 음료를 사서 하나를 매니저에게 건네곤 했었다. 매니저는 음료를 줄 때마다 손사래를 치며 괜찮다고 몇 번이나 거절하곤 했다. 성미는 기어이 그의 손에 음료를 들려주곤 했었다.

"매니저님 얼굴만 봐도 저는 피로가 싹 풀린다니까요. 인간 피로 회복제가 있으니, 저보다는 매니저님이 이 음료수 마시고 힘내셔야지요."

어느 날, 성미는 대표실로 불려갔다. 편백나무 냄새가 나는 대표실에서 성미는 처음으로 대표에게 큰 소리를 들어야 했다. 그다음은 설득이었다. 서점에서 해고하는 것이 아닌 자발적인 퇴사를 하란 것이었다.

"성미 씨가 강 매니저 앞에서 거친 숨소리를 내면서 추근덕거리고... 상대방이 싫다고 의사

표현을 지속적으로 했음에도…"

 정기적으로 들어오는 월급도, 모아둔 돈도 없는 성미는 남은 두 달 동안의 월세와 생활비를 충당하기 위해 중고마켓에 가지고 있던 물건들을 하나씩 팔기 시작했다. 6만 원을 주고 대형 마트에서 샀던 믹서기는 1만 5천 원에, 지난 명절에 서점에서 직원들에게 나눠준 샴푸, 린스 따위가 든 '종합 선물 세트 3호'는 9천 원에, 2만 원 주고 중고로 샀던 3단짜리 합판 선반은 5천 원에 내놓았다. 보통은 올려둔 가격 그대로 받았으나, 합판 선반은 거래하는 자리에서 2천 원을 깎아달라고

조르는 바람에 성미는 고작 3천 원을 쥐어야 했다. 성미는 혼잣말하듯 '아직 새것 같은데' 하고 중얼거렸지만, 흥정에 성공하기 직전의 신나는 마음이 된 상대방에겐 들리지 않았던 모양이었다.

여러 개의 중고 거래를 한 날엔 성미는 3만 원 정도의 현금을 쥘 수 있었다. 성미는 서점에서 처음 캐셔 일을 시작했을 때의 기분을 떠올렸다. 사람들이 책을 많이 사 갈수록 월급쟁이 성미의 기분이 좋아지는 것 같았다. 이윤이 많이 남는 장사를 하는 장사꾼이 된 것처럼 즐거웠었다. 물건의 가치보다 낮은 현금을 쥔, 엄밀히 따지면 손해

보는 장사에서도 성미는 그때처럼 즐거운 기분이 되는 것만 같았다. 하지만 하루에 두세 건의 중고 거래를 하고, 그만큼 걷고 나면 어김없이 허기도 몰려왔다. 성미의 허기는 한 번 찾아오기 시작하면 싱크홀처럼 빠른 속도로 무너져 내리며 큰 구멍을 만드는 듯했다. 성미는 효율, 계산을 중시하는 사람이고 싶지만, 깊이를 알 수 없는 허기 앞에서는 속수무책이었다. 손에 3만 원을 쥐면, 2만 5천 원은 치킨 한 마리를 시켜 먹는 데 써버리는 수밖에 없었다. 치킨 뼈만 남은 앙상한 집에 앉아 있는 날들이 쌓여갔다.

"나는 저녁 약속 있어서 먼저 갈란다."

현주가 바지 버클을 낑낑대며 다시 잠그고, 바닥을 손으로 짚으며 간신히 몸을 일으켰다. 현주에게 약속이 있을 수는 있지만, 성미에게 현주의 약속은 낯선 어떤 것이었다.

"왜 이래, 낯설게. 네가 어쩐 일로 약속을."

서로에게 유일하다시피 한 친구라고 생각했는데, 자신이 알지 못하는 약속이 있다며 서두르는 현주의 모습을 보니 성미는 서운한 마음마저 들었다. 성미는 시계를 확인했다.

현주와 함께 분식을 먹고 빈둥거린 시간은 2시간. 가계부를 고치며 되물었다.

(삭제)
~~[$ 지출 내역]~~
~~현주 방문&수다 (6시간)~~
~~57,720원~~

[$ 지출 내역]
현주 방문&수다 (2시간)
19,240원

"놀라지 마. 내 약속, 남자랑 한 거야. 남자 만나러 가는 거라고."

"뭐?"

성미는 눈을 크게 뜨기 위해 팅팅 부은 눈두덩을 억지로 들어 올리는 데 꽤 힘을 주어야 했다. 성미의 이마에 여러 갈래의 깊은 주름이 생겼다. 성미는 일어나 현주의 어깨를 잡고 흔들며 제자리에서 방방 뛰기 시작했다.

"언제 남자가 생긴 거야."

"아직 그런 거 아니야."

"다른 사람도 아니고 나 몰래 이런 꿍꿍이를

벌이다니. 넌 배신자야."

"배신자 아니야. 오늘이 겨우 두 번째 만나는 건데. 그래서 너한테 제일 먼저 달려와서 말하잖아. 그것도 데이트하는 날 저녁에, 이렇게."

"그럼 배신자 아니야."

성미와 현주 사이에 좀처럼 없었던 대화가 오갔다. 성미는 또다시 '배신자' 하며 눈을 흘겼지만, 현주에게 새로운 일이 생겼다는 것이 그리하여 둘 사이에도 이런 이야기를 나눌 수 있다는 사실이 재미있게 느껴졌다.

"소개팅 한 거야?"

"너도 알잖아. 우리 주제에 누가 소개팅을 해줘."

"그러면 어떻게 만난 거야? 네가 성공해서 좋은 본보기가 돼야 나도 잘 풀리는 거 알지?"

현주의 얼굴에 머뭇거림이 스쳐 지나갔다.

"다음에 얘기해줄게."

"다음이 어디 있어. 뭐야, 왜 숨기는데. 못 만날 사람이라도 만나는 거야? 설마 유부남은 아니겠지?"

"그런 거 아냐."

"그럼 누군데. 어떻게 만난 건데."

현주가 잠시 시계를 보며 망설이더니, 성미를 끌고 다시 밥상 앞으로가 마주 앉았다. 현주는 제 휴대전화를 한참 만지작거리더니, 성미 앞으로 내밀었다. 화면에는 TV 광고에서도 자주 보이던 소개팅 앱이 켜져 있었다.

"처음에는 좀 그랬는데, 틴더 앱으로 남자 만나는 것도 금방 익숙해지더라고. 오늘 애프터로 만나는 남자는 소개팅 앱으로 만나는 일곱 번째 남자. 행운의 칠. 뭔가 느낌이 팍

오지 않냐?"

"일곱 번째라고? 진짜 배신이네. 요망한 것, 앙큼한 것."

"그래봐야 별것 없었어. 첫 번째 남자는 신촌역 3번 출구 햄버거집 앞에서 날 보자마자 갑자기 바쁜 일정이 있다고 가버렸고, 두 번째 남자는 30분 커피 마신 게 고작. 세 번째는 바로 모텔 가자고 손을 끌어서 패스. 그다음은 어떻게 만났는지 기억도 잘 안 나. 일곱 번째 승현 씨는…"

"뭐야, 승현 씨라고 할 때 너 얼굴 빨개진 거 알아?"

"아무튼 이 사람은 달라. 내 내면을

봐준다고나 할까."

"그렇게 좋은데 왜 소개팅 앱으로 만나는 걸 말 안 하려고 한 거야?"

"아무래도 좀 그렇잖아. 나는 진짜 연애 상대를 찾는 건 맞지만, 그저 하룻밤 즐기려 나온 사람들이 많기도 하고. 무엇보다 내가 그렇고 그런 사람으로 보이는 게 더 싫어서 그랬어. 사귀고 나서 말해도 늦지 않을 것 같아서. 정식으로 사귀면, 아는 사람 소개로 만났다고 거짓말해도 되는 거잖아."

다음에 얘기해준다고 꾸물거리던 현주는 한 번 입이 트이자 묻지도 않은 것까지 시시콜콜

얘기하기 시작했다. 첫 만남에 남자가 어떤 눈빛을 했는지, 어떻게 그렇게 다정하게 말을 건넬 수 있는지, 남다른 매너까지. 현주는 그 남자가 결코 잠자리 따위를 하려고 자신을 이용하지 않았다는 사실을 여러 차례 강조했다.

"그래서 그 남자랑 만난 첫날 잤다고?"
"요즘 다 그래."
"부러워서 그러지. 부러워서. 난 손도 아직 못 잡아 봤는데."
"너도 빨리 이 복잡하고 미묘한 남녀 관계를 겪어봤으면 좋겠어."
"그런데 소개팅 앱으로 사람 만나는 건 좀

무섭지 않아? 게다가 넌 아르바이트할 때도 사람 만나는 거 힘들어했었고. 의도가 불순한 사람들도 있을 거고..."

현주는 몸을 일으켜 신발장 위에 놓인 거울 앞으로 다가갔다. 화장품 파우치를 펼쳐 안에 든 것 몇 가지를 꺼내며 대답했다.

"그렇게 따지면, 내 의도도 불순한 건 매한가지더라고. 죽어서 썩어 없어질 몸인데, 뭐 그렇게 아껴야 하나 싶기도 하고. 아무튼 승현 씨는 어쩌면 운명인지도 모르겠다는 생각이야. 나를 안아줄 때의 그 따뜻함. 진심이 아니면 그럴 수가 없는 거야."

　약속 장소까지 족히 30분은 걸릴 텐데, 현주는 약속 시간이라고 말했던 시간에 성미의 집을 나섰다. 성미는 현주의 몸이 쏙 빠져나간 빈자리에 남아 다 먹은 접시를 치우고, 물티슈로 밥상을 닦았다. 둘이 마주 앉아 신세 한탄을 할 때가 가장 우울하다고 생각했는데, 현주의 생기 있는 얼굴을 보니 남겨진 성미는 더 헛헛한 기분이 드는 것만 같았다. 현주가 말한 소개팅 앱을 설치하고, 성미는 오늘 찍었던 사진 중 마음에 드는 것 하나를 대표 사진으로 올렸다. 새로운 시도란

늘 사치스러운 것이라 생각하며 피해 왔던 성미였다. 피하지 않고 마주한 새로움은 공허, 외로움, 궁상맞음도 잊을 만큼 큰 즐거움처럼 느껴졌다. 창밖이 깜깜한 어둠으로 둘러싸이는 줄도 모르고 성미는 휴대전화에 집중했다.

[$ 지출 내역]
불순한 의도 (1시간)
9,620원

몸을 일으켜 화장실에 가려는데, 성미는 필터 없는 거울과 마주했다. 갑자기 주눅이 들었다. 소개팅 앱으로 만난 상대가 자신에게 욕이라도 지껄이고, 그도 모자라 때리기라도 한다면, 아니면 길 한복판에서 망신이라도 당하면 어쩌지 하는 상상이 꼬리에 꼬리를 물었다. 그러다 성미는 현주가 오늘 지었던 새초롬한 표정과 몸짓, 말꼬리를 올리는 특유의 말투를 떠올렸다. 성미는 현주가 된 듯, 연극배우처럼 거울 앞에 서서 독백하기 시작했다.

"죽어서 썩어 없어질 몸인데, 뭐 그렇게

아껴야 해?"

    소개팅 앱에 성미와 가까운 곳에 머무는 이성들의 얼굴과 프로필이 랜덤으로 표시됐다. 마음에 드는 사람은 '좋아요'를 그 반대는 '싫어요'를 체크하면 되는 간단한 방식이었다. 성미는 처음엔 꽤 그럭저럭 괜찮은 사람들에 좋고 싫음을 이분법적으로 평가하는 것이 낯설고 또 때론 미안하게 느껴지기도 했지만, 15분도 되지 않아 그러한 평가에 금방 익숙해졌다. 성미는 나름의 기준까지 만들어 가며, '좋아요', '싫어요'를 반복했다. 성미가 '좋아요'를 표시한 남자 다섯 명 중, 한 명이

매칭됐다. 매칭되자마자 남자에게서 메시지가 도착했다.

「익명의 바다이구아나 | 안녕하세요, 아름다우시네요.」

*

성미는 초조했다. 모텔 직원은 방금 세 번째 하품을 했고, 손가락으로 연신 카운터를 두드리고 있었다. 예상에 없는 지출이었지만, 지갑에 돈은 있었다. 중고 거래를 하고 받은 현금이었다. 그것을 쓰는 것은 괜찮지만,

뒤죽박죽 섞여 있는 돈들이 자칫하면 지갑에서 한꺼번에 튕겨져 나올 것만 같아 성미는 카운터 앞에서 한참 꾸물거려야만 했다. 각기 다른 모양으로 접혔던 현금이 주섬주섬 꺼내어져 카운터 위에 권종별로 분류되기 시작했다.

  빨래 건조대 1만 2천 원, 서큘레이터 1만 원, 독서용 스탠드 8천 원, 텀블러 3천 원, 경품으로 받아 포장 안 뜯은 프라이팬 1만 5천 원, 핸디형 다리미 2만 원, 커피포트 1만 원에 팔고 받은 돈 7만 8천 원이었다. 뭉친 모양만 봐도 성미는 그것이 무엇을 팔고 받은 돈인지 알 수 있었다. 모텔비는 7만 5천 원이었다. 성미는 카운터에 앉은 젊은 남자에게 돈을

건넸다. 그는 성미와 눈 한 번 마주치지 않고
돈을 받아 들고, 방 열쇠를 건넸다. 성미가
구깃구깃해진 돈 3천 원을 지갑에 잘 펴서 다시
집어넣는 동안 카운터 직원의 작은 한숨 소리가
들려왔다.

'익명의 바다이구아나'는 자신의 이름을
진만이라 소개했다. 성미는 그의 성이 무엇인지
물어볼까 하다가 그러지 않기로 했다. 어떤
방식으로 물어도 어색한 물음이었다.

'진만 씨는 성이 뭐예요?'
'진만 씨 풀네임이 뭘지 궁금하네요.'

'이름 전체를 알려주세요.'

성미는 대신 그의 이름과 가장 잘 어울린다 싶은 성 씨를 갖다 붙여 상상하는 쪽을 택했다. 상상 속 진만은 차 씨 성을 가진 남자였다. 차진만. 성미는 운명 같은 인연이 될지 모를 남자가 꽤 멋진 이름을 갖고 있는 것만 같아 뿌듯할 지경이었다.

진만은 말없이 엘리베이터 버튼을 눌렀고, 얼마 지나지 않아 문이 열렸다. 진만이 먼저 엘리베이터 안으로 들어섰고, 성미가 따라탔다. 성미가 발을 옮길 때마다, 오래되고 낡은 모텔 열쇠가 덜그럭거리는 소리를 냈다. 모텔에 들어서면서 마치 다시 어색해진 사이가 된 것처럼, 진만은 아무 말 않고 서 있었다. 덩달아 성미도 할 말을 잃었다. 침묵의 시간은 생각이 쉽게 뻗치지 않던 곳까지 닿을 여유를 주곤 한다. 성미는 만난 지 두 시간 밖에 안 된 낯선 남자와 오게 된 모텔에서 고래 서점 매니저와의 일을 떠올렸다. 나의 호의가 상대에겐 수치가 될 수 있다는 사실, 원 플러스 원 음료를 몇 번 건네고 히죽인 일에 책임을 지고 생계 유지 수단을 잃게 되는 그런 일들을. 성미는 물러설 곳 없는 엘리베이터 안에서 뒤로, 더 뒷걸음질을 치는 기분이었다. 불안한 마음을 달래려 성미는 손에 쥔 열쇠를 까드득 까드득

소리가 나게 만지작거렸다.

익명의 이구아나, (차)진만이 성미의 손을 살며시 잡았다. 성미의 손등에 남자의 따뜻한 온기가 느껴졌다. 까드득거리는 소리도 멈췄다. 성미는 자신의 시선조차 상대에게 불쾌감을 줄 수 있다는 사실을 두려워했다. 진만을 바라보고 싶었지만, 제대로 쳐다보지 못한 채 성미는 발 앞 코를 바닥에 쿵쿵 찧었다. 성미의 심장 소리도 쿵쿵, 엘리베이터 전체를 울려대는 듯했다.

엘리베이터가 6층에 멈춰 섰다. 둘은 오래된 카펫이 깔린 어두컴컴한 복도를 따라 걸었다. 진만은 여전히 성미의 손을 잡고 있었다. 성미도 그것이 싫지 않았다. 아니 엄밀히 말하면 좋았다. 이대로 영원히 캄캄한 복도를 걷는다 해도 상관없을 것만 같았다. 그러나 성미의 바람은 늘 이뤄지지 않는 편에 속할 때가 많았다. 엘리베이터에서 멀지 않은 곳에 그들이 빌린 방 616호가 있었다. 영원은 우뚝, 그 앞에 멈춰 섰다. 남자는 성미의 손을 살며시 놓으며, 눈짓했다. 성미는 들고 있던 열쇠로 뻑뻑한 방문을 열었다.

성미는 신발장에 그대로 멈춰선 채 방 안을 둘러봤다. 방은 성미가 기대했던 것처럼 로맨틱하지 않았다. 벽 네 면 중 한쪽 면에만 초록 바탕에 자줏빛 꽃이 그려진 포인트 벽지가 붙어 있었다. 그 아래엔 모서리가 헤지고 때가 탄 1인용 소파와 녹이 슬고 군데군데 칠이 벗겨진 철제 원형 티 테이블이 놓여 있었다. 테이블 위엔 커피포트와 스틱커피 2개, 보성녹차 티백 2개, 물때가 남아 말라붙은 티스푼이 놓여 있었다.

    진만은 매일 오는 사람처럼 자연스럽게 움직였고, 성미는 그 반대였다. 두리번거리고, 이것저것 들었다 놓았으며, 팔과 다리가 따로 놀았다. 성미가 할 수 있는 가장 자연스러운 행동이란 진만을 따라 하는 것밖에 없었다. 진만이 1인용 소파에 자기 겉옷을 걸치자, 성미도 자기 가방을 그 위에 올려두었다.

남자가 침대 모서리에 걸터앉자, 성미도 남은 모서리에 엉덩이를 갖다 댔다. 어색한 침묵이 이어졌다. 몸집은 작지만, 소리는 큰 구형 냉장고가 고요한 방의 유일한 소음이었다. 성미의 생각이 또 다른 쪽으로 뻗어 나가려는 때, 남자가 침대 한가운데 벌렁 제 몸을 뉘었다. 남자는 천장을 바라본 채로 성미의 손을 붙잡았다. 남자의 손은 축축하고 미끈거렸다.

    성미는 어둑한 싸구려 맥줏집에선 잘 보지 못했던 진만의 얼굴과 몸을 찬찬히 훑어보았다. 단정한 옷차림이라 생각했었는데, 형광등 아래에서 본 그의 셔츠는 꽤 낡아 있었고, 목 부분엔 누런 때도 끼어 있었다. 옷 사이즈는

진만의 몸에 맞지 않게 컸다. 그 때문에 그의
깡마른 몸이 더 도드라져 보였다. 청바지는
오래전 유행했던 무늬가 큼지막하게 그려져
있었고, 그 역시 사이즈가 잘 맞지 않아
보였다. 하지만 성미는 그의 옷차림새에 그리
실망하진 않았다. 사이즈가 잘 맞지 않는
옷을 걸치고 나온 것은 성미도 마찬가지였다.
1년 전 이맘때쯤 사 두었던 줄무늬 원피스를
꺼내입었던 성미였다. 사두고 한 번도 입지
못했는데, 네 번의 계절이 바뀌는 동안 성미는
원피스가 허용하는 범위를 넘어선 모양이었다.
가슴 앞부분의 단추 세 개 중 두 개가 잠기지
않아 외출 전에 땀을 한 바가지 흘리며 한참을

씨름해야 했다. 결국 잠기지 않는 단추 대신 옷핀으로 고정을 해 간신히 약속 시간에 늦지 않고 나올 수 있었다.

성미는 이번엔 진만의 얼굴을 살폈다. 소개팅 앱에 올려둔 사진과 다른 생김새였다. 형광등 불빛 아래여서 그런지 도드라진 광대 아래로 깊은 그늘이 져 있었고, 입술은 훨씬 더 검붉고 도톰했다. 그의 매력을 굳이 꼽자면, 꼭 감은 눈 사이로 우산처럼 펼쳐진 긴 속눈썹이었다. 그 위에는 먼지일지 비듬일지 모를 무언가가 얹어져 있었다. 성미는 그것을 반대쪽 손으로 떼어줄까 몇 번을 고민하다가, 이유를 알 수 없게 빨갛게 달아오른 얼굴을 진정시키느라 시간을 보내야했다.

 진만은 크게 숨을 한 번 들이마시고 몸을 뒤척여 옆으로 돌아누웠다. 그는 성미와 눈을 마주치며 한참을 그대로 있었다. 그러다 결심한 듯 몸을 일으켜 앉았다. 성미는 어색해 딴청을 피웠다. 그러다 둘 중 아무도 베지 않은 베개 위에 떨어진 긴 머리카락을 발견했다.

 진만이 성미의 어깨를 톡톡, 두드렸다. 성미는 그제야 진만 쪽으로 얼굴을 돌렸다. 성미는 이런 아슬한 순간을 영화나 드라마에서 자주 봤던 것을 떠올렸다. 모든 갈등을 극복한 남녀 주인공이 해피엔딩을 위해 행하는 마지막 순간, 그 후로 그 둘은 행복하게 오래오래 잘

살았습니다, 하고 맺게 되는 아름다운 순간이
이런 미묘한 지점에서 발생하였던 것 같았다.
성미는 고작 이런 적은 노력, 그러니까 소개팅
앱에서 발견한 남자들의 사진의 좋고 싫음을
선택하고 약속을 잡고 만나는 수고로움 정도로
이 순간을 맞이할 수 있다는 것이 놀라웠다.
성미의 심장이 또다시 쿵쿵, 울리기 시작했다.
진만이 성미 쪽으로 몸을 바짝 붙여왔다.
성미는 눈을 꼭 감았다.

"혹시 몰라서 그런데, 여기에 대고 한
마디만 녹음해 둘까요?"

"……"

진만의 휴대전화가 성미의 턱밑에 닿았다.
성미는 눈을 떠 어리둥절한 표정을 지었다.
진만은 아랑곳하지 않는 듯했다.

"저는 성관계에 동의를 했습니다,
이렇게요."

성미는 그의 요구가 자신의 상식에선
쉽게 받아들여지지 않았지만, 면전에 대놓고
그 이유를 따져 묻거나 '이게 무슨 경우냐'고
외치지 못했다. 다만 자신이 경험해 보지
못했던 은밀한 남녀 둘 사이의 관계엔 이런
일이 몰래 일어나고 있었던 것은 아닐까

생각했다. 입을 무겁게 다물고 있는 성미의 눈치를 살피던 진만이 능글맞게 웃음을 지으며 말했다.

"요즘 세상은 남자가 더 불리한 거 아시죠. 성미 씨도 아시다시피, 우리가 정식으로 사귀는 사이는 아니잖아요. 저는 성미 씨가 당연히 마음에 들지만, 가끔 이 아름답고 소중한 시간을 성폭행이나 강간 이런 것으로 매도해 버리는 사람들이 있단 말이죠. 이건 그 시간을 원래의 취지와 목적에 맞게 지키기 위한 수단일 뿐인 거예요."

듣고 보니 틀린 말도 아닌 것 같다고 성미는 생각했다. 무엇보다 여전히 자신의 손을 잡고 있는 진만의 따뜻하고 축축한 손에서 전해오는 감촉이 성미의 마음까지 노곤하게 녹여오고 있는 상황에선 더더욱 그의 말이 설득력 있게 느껴질 수밖에 없었다.

성미는 고개까지 친절히 숙여가며 그의 휴대전화 가까이에 입을 가져다 대고, 그가 부탁한 말을 따라 했다. 진만은 만족스러운 표정을 지으며 녹음 종료 버튼을 눌렀다. 성미의 목소리가 담긴 파일에 진만은 '김성미 100'이라는 제목을 입력하고 저장 버튼을 눌렀다. 곁눈질로 진만의 휴대전화 화면을 보고 있던 성미는 자신의 이름 뒤에 붙은 숫자의 의미가 무엇인지 궁금했지만, 이 역시 되묻지 않았다.

진만은 시원하게 기지개를 켠 뒤 샤워실 앞으로 향했다. 샤워실과 방 사이엔 반투명한 유리 하나만 놓여 있었다. 내부가 훤히 들여다보이는 구조인데도, 진만은 훌렁훌렁 옷을 벗었다. 성미는 그런 그의 모습을 화질이 좋지 않은 TV 화면을 들여다보는 것처럼 멍하니 바라봤다. 아직은 이 모든 일들이 자신에게 다가온 것처럼 느껴지지 않은 성미였다. 그렇다고 후회 같은 얄팍한 감정은 떠오르지 않았다. 그저 이 모든 과정이 자신에게도 자연스러운 어떤 것이 되었으면 좋겠다는 바람이 생겼을 뿐이었다.

    적나라하게 들려오는 진만의 소변 누는 소리가 들려온 뒤, 샤워기에서 쏟아져 나온 물소리가 들려왔다. 반투명한 창 너머로 부연 수증기가 가득 찼고, 이내 방 안으로도 낯선 보디 클렌저 냄새가 번져 들어왔다. 성미는 온갖 낯선 것들에 둘러싸여 유일하게 익숙한 행동을 하기로 했다.

[$ 지출 내역]
낯선 만남과 새로운 시도 (4시간)
38,480원

[파란지갑 지출 내역]
제우스 모텔
75,000원

성미가 파란지갑의 가계부 내역을 입력하고 저장 버튼을 누르려는 때, 메시지 알림창이 화면 위로 떠올랐다. 성미 엄마가 보낸 것이었다.

「네가 버리고 간 개가 먹어 치운 사룟값만 해도 어마어마하다. 네 삼촌이 데리고 가고 난 뒤에도 내가 수고비를 챙겨줬다. 그건 지난 거니 두고, 내려오기 전에 생활비는 미리 보내야겠다. 계좌 몰라도 요즘 페이인가 그걸로도 받을 수 있다더라. 이번 주 내로 보내라.」

얼마의 생활비를 보내야 할지 고민하고 있다 보니, 샤워를 마친 진만이 하얀색 샤워 가운을 걸치고 머리를 털며 다가왔다. 성미는 자신도 모르게 다리를 모아 다소곳하게 앉은 자세가 됐다. 불편한 자세를 한 채 성미는 진만을 향해 웃어 보였다. 샤워 가운의 벌어진 사이로 진만의 몸이 적나라하게 드러났다. 성미의 얼굴이 또다시 화끈거려 왔다. 진만이 성미가 앉은 자리 가까이 다가왔다. 성미는 어찌할 바를 몰라 고개를 푹 숙이고 있었는데, 침대 스프링이 크게 한 번 진동했다. 진만은 성미의 다리를 베고 누운 자세가 됐다. 그의 축축하게 젖은 짧은 머리카락이 성미의 팔에 닿아 따끔거리는 촉감을 전해줬다. 성미는 준이를 처음 만났던 순간을 떠올렸다. 상미는 준에게 그랬던 것처럼 남자의 머리카락을 다정히 쓰다듬었다. 이 행동엔 얼굴이 화끈거리는 것과 같은 부작용이 따르지 않았다. 쓰다듬으면 제 배를 드러내고 발을 핥던 준처럼, 진만은 제 머리를 성미의 손에 맡긴 채 휴대전화를 만지작거렸다. 그러는 동안 성미의 시선은 모텔 창문 커튼 사이로 향했다. 창문 밖으로 손을 뻗으면 다른 건물의 벽이 닿을 것만 같았다. 거무튀튀한 자국들이 가득한 벽에 바위에 붙은 따개비처럼 실외기들이 다닥다닥 붙어 있었다. 그 위로 인근 유흥주점에서 번져 나온 푸르고 붉은빛이 번갈아 가며 물들었다.

"처음이에요."

성미가 입을 열었다. 성미의 목소리에 진만이 뒤척이다 힘겹게 몸을 일으켰다. 성미의 원피스엔 진만의 젖은 머리가 닿았던 부분에 동그랗게 물 자국이 남았다.

"엄밀히 따지면 저는 처음은 아니에요. 하지만 늘 처음 사랑하는 마음으로 만나죠. 특히 성미 씨처럼 매력적인 사람은."

앉은 자리에서도 휴대전화에서 눈을 떼지 않고 진만이 말했다.

"사랑하는 마음. 매력적인 사람."

성미는 그가 했던 말 중 마음에 드는 일부를 떼어내 말했다. 무언가 결심하고 말할 때처럼, 진만은 한 번에 크게 숨을 들이마셨다. 남자의 입에서 낯선 단어들이 잘게 쪼개진 숨에 섞여 나왔다.

"성미 씨도 대충 파악하셨을 수도 있지만, 사실 제가 취향이 좀 독특해요."

성미는 그의 말을 온전하게 이해하지 못했다. 다만 독특한 취향이란 말이 성미에게 모욕적이라기보다는 오히려 안심을 주었다. 성미는 고개를 끄덕이고 말았다. 성미의 눈치를 한 번 살피더니 진만은 말을 계속 이어 나갔다.

"오해하지 말고 들어요. 혹시 성미 씨는 '못생긴 동물 보호 협회' 들어봤어요?"

성미는 그런 협회에 대해 전혀 들어본 적도 없고, 도무지 진만이 무슨 말을 하려는 지도 알기 힘들었다. 하지만 성미는 오해하지 않고 그의 말을 끝까지 들어주고 싶었다.

"동물 보호 협회가 캠페인을 하는 동물들을 보면요. 하나 같이 예쁘단 말이죠. 상품 가치가 있달까. 펭귄, 북극곰, 코알라⋯ 그것들이 박제되어 누군가의, 하물며 어린아이들의 침대 위에 있어도 전혀 어색하지 않죠. 전 그런 게 참 불편했단 말이죠. 왜 예쁘고 귀여운 것만 보호받아야 하냐. 그랬는데 저 협회를 알게 된 거예요. 아, 제가 그 협회에 가입하거나 소속된 건 아니지만요. 적극적인 마음으로 협회의 취지를 지지하면서 실천의 대상을 동물이 아닌 사람을 향하기로 한 것이라 말입니다. 사람도 동물 아닙니까. 자칫 잘못하면 멸종될 염려가 있는, 보호가 필요한 사람들을 찾아내는 것에

제가 흥미가 좀 있습니다. 진짜 보호되어야 하는 건 그런 거 아닐까요? 성미 씨는 어떻게 생각해요."

*

자신만의 방식으로 보호 활동을 마친 진만은 코를 골며 잠들었다. 성미는 탈피한 동물이 남긴 흔적 같은 옷가지들을 침대 아래에서 주섬주섬 주워 몸에 다시 끼워 넣었다. 아직 지출내역의 '낯선 만남과 새로운 시도 (4시간)' 중 3시간도 쓰지 않은 상황이어서, 성미는 일단 침대 끝에

걸터앉았다. 지출내역을 수정할까 하다가, 보호
활동을 하는 동안에도 끊임없이 알림창이 뜨던
진만의 휴대전화를 집어 들었다. 곯아떨어진
진만은 이불 밑에 넣어둔 손을 끌어내도 아무런
반응이 없다. 성미는 끌어낸 손의 검지를
휴대전화에 가져다 대고 잠금을 풀었다. 그의
휴대전화 바탕 화면에는 '녹음' 앱이 가장 잘
보이는 곳에 놓여 있었다. 각기 다른 이름과
숫자들의 조합으로 이루어진 제목의 저장
파일들은 한눈에 보기에도 상당히 많았다.

김성미 100 (2023.07.08)
전혜지 80 (2023.07.03)
윤보영 90 (2023.06.29)
이민채 95 (2023.06.28)
김수지 110 (2023.06.14)
...

길게 이어지는 화면을 손으로 쓸어 올리다가, 성미는 의도치 않게 '장민영 75' 파일을 재생했다. 성미가 놀라 다급히 끄려는 동안에 녹음된 파일에선 부스럭거리는 소리가 이어졌다. 정지 버튼을 찾아 누르려는 때, 진만의 것으로 보이는 남자의 목소리가 들려왔다. 성미에게 했던 것과 토씨 하나 다르지 않은 대사였다. 녹음 파일 속 여자-아마도 장민영이란 이름을 가진-는 머뭇거리다가 이내 그의 말을 따라 했다. '동의했습니-'까지만 녹음된 파일의 재생이 마무리 없이 종료됐다. 성미는 맨 위에 있는 자신의 이름과 숫자가 적힌 파일만 삭제하고,

진만의 손 가까운 곳에 그의 휴대전화를 올려두었다.

    성미는 겉옷을 걸치고, 소파에 올려두었던 가방을 손에 들었다. 진만은 여전히 세상모르고 잠들어 있었다. 그의 몸에 비해 과분하게 큰 흰 샤워 가운 사이로 볼품없는 맨몸이 드러나 있었다. 성미는 갈 채비를 마치고도, 발걸음이 잘 떨어지지 않았다. 누구에게나 '처음'은 완전한 확신을 줄 수 없는 법이었다. 성미는 불완전한 확신으로 어떤 행동을 실행하기로 마음먹었다. 그래야만 이곳을 떠날 수 있을 것 같았다.

    어수선하게 흩어진 물건들 사이를 성미는

다시 한번 두리번거렸다. 성미의 눈에 스테인리스 커피포트가 눈에 들어왔다. 진만의 보호 활동이 시작되기 전 그들은 커피포트에 물을 끓여 믹스 커피 한 잔을 나눠 마셨었다. 커피포트는 아직 온기가 남아 있었다. 성미는 남은 물을 종이컵에 마저 따라냈다. 커피포트 안의 물기를 휴지로 대충 닦아내며, 성미는 준이 꼬리치며 자신을 반기지 않던 어느 아침을 떠올렸다. 마당 한편에 묶여 있던 준이 하얀 거품을 토해 놓은 채 숨을 쌕쌕거리고 있었다. 성미는 메고 있던 가방에서 참고서와 노트, 필통을 아무렇게나 꺼내 마당에 던져두었다. 빈 가방에 준을 넣기 위해 애썼다. 개는 덜덜 떨었다. 여전히 몸통의 절반 가까이 가방 밖으로 튀어나온 준을 성미는 가방 안에 최대한 집어넣고 싶었다. 억지로 가방 지퍼를 올리는데, 준의 등이 집혔다. 피가 맺혔는데도 준은 앓는 소리 한 번 내지 않았다. 성미는 자신의 품 안에 있는 이 커피포트가 온기를 잃어가던 준인 것만 같은 착각이 들었다. 얼른 이곳을 벗어나야 해, 안전한 곳으로 가야만 해. 성미는 한 손으론 핸드백 입구를 최대한 벌리고, 남은 한 손으론 꾸역꾸역 커피포트를 집어넣었다. 힘을 주어 지퍼를 당겼다. 지퍼는 끝에서 다른 끝으로 가닿았다. 무엇을 담든 그 모양대로 구겨질 가방이 커피포트 모양대로

부풀었다.

[파란지갑 지출 내역]
제우스 모텔
75,000원

[파란지갑 입금 내역]
제우스 모텔 페이백(커피포트)
+10,000원

성미는 616호 문을 나섰다. 컴컴한 복도를 지났고, 이번엔 남자의 손이 아닌 자신의 양손을 맞잡은 상태로 엘리베이터에 올랐다. 1층에 다 와서는 긴장감에 온몸이 굳는 것 같기도 했다. 자신의 뒤통수를 향해 사정없이 한숨을 쏘아대던 직원과 마주치면 어떤 상황이 펼쳐질지 몰라서였다. 다행히 카운터에는 아무도 없었다. 성미는 최대한 빠른 걸음으로 모텔을 벗어났다.

비가 온 것 같지 않았는데, 좁은 골목 군데군데 작은 물웅덩이가 있었다. 살금살금 걷는데도, 조금만 방심하면 잘박하게 물이 밟혔다. 낡은 신발 안쪽으론 금세 물이 새어 들어왔다. 발바닥이 축축하게 젖어 들어갔다.

"빨래 건조대 만 이천 원, 서큘레이터 만 원, 독서용 스탠드 팔천 원, 텀블러 삼천 원, 경품으로 받아 포장도 안 뜯은 프라이팬 만 오천 원, 핸디형 다리미 이만 원, 커피포트 만 원… 그걸 다 팔아서 하루 묵었는데… 중고로 사면 만 원이면 사는 커피포트 따위… 괜찮아, 괜찮아, 괜찮아."

건물 틈 사이로 불어오는 으스스한 새벽바람에 성미는 몸을 더 움츠렸다. 가방을 뚫고 나온 커피포트의 뾰족한 주둥이가 성미의 가슴을 찔렀다. 가슴 안쪽을 찔리고도, 무언가를 떠올리려 애쓰듯 성미는 계속 뒤를 돌아봤다. 뒤를 돌아 마주한 것은 아무도 없는 깜깜하고 질척거리는 골목뿐이었다. ■

|작가의 말|

서랍 속에 넣어둔 단편 소설 중, 가장 좋아하는 이야기 하나를 세상에 먼저 꺼내 놓습니다.

실제로 존재하진 않지만, 존재의 가치를 외치는 인물에게 하나씩 이름을 붙이고, 이제는 이름을 가진 이들이 허구의 세계에서 살아가는 이야기들을 먼저 들여다봤습니다. 같이 고파했고, 서러워했고, 때론 사소한 일상의 행복을 나누며 웃었습니다.

허구의 이름, 허구의 세상, 허구의 존재…

모든 것이 허구이지만 제가 먼저 들여다본 삶의 단면들이 다른 누군가에게 닿았으면 좋겠다고 생각했습니다. 타인의 세계에서 의미의 씨앗을 틔운다면 더더욱 좋겠지요. 그 바람으로 책을 엮었습니다. 누구도 엮으라고, 이 이야기가 세상에 꼭 나와야 한다고 응원하지 않는데도 그리했습니다.

〈단면 시리즈〉의 첫 이야기 주인공은 '성미'입니다. 대도시를 살아가는 다양하고 많은 사연 중 성미의 이야기를 마음속에 품게 된 건 우연이 아닐 것입니다. 시리도록 차가운 도시에서 체온을 나눌 대상을 절박하게 찾는 사람들, 그 사소하지만 이루어지기 힘든 욕망을 품은 사람은 소설 속 성미에 국한된 것 또한 아니라 생각했습니다.

〈단면 시리즈〉는 짧습니다. 성미의 이야기도 단면의 한 모서리처럼 그렇게 뚝, 끊어집니다. 부디 몇 안 되는 독자님들께서 이를 아쉽게 여겨주시길 바랍니다. 나 이외의 다른 인간의 뒷이야기를 궁금해해 주시길, 이름을 가진 이의 어떤 인생을 연민해 주시길 감히 바랍니다. 그런 모든 과정이 우리가 잃어버린 어떤 의미의 조각이길 바랍니다.

전할 단면들이 많습니다. 다른 이름을 가진 인물들의 이야기를 전하는 동안 성미의 이야기도 계속해 들어볼 생각입니다. 머지않은 시기에 그녀의 뒷이야기를 더 긴 호흡으로 전하겠습니다. 면과 면이 만나면 부피를 가진 물체가 되는 것처럼, 그렇게 의미를 가진 인생을 만들고 싶습니다.

    그 모든 것을 떠나, 작가의 말까지 읽어주는 당신의 마음에 감사드립니다.

2023년 6월

김슬기

단면 시리즈 01
변온동물
© 김슬기 2023

초판 1쇄 발행 | 2023년 6월 9일
지은이 | 김슬기
펴낸곳 | 암사자북스
출판등록 | 제 2018-000105호
전자우편 | amsajabooks@naver.com
홈페이지 | amsaja.kr

ISBN | 979-11-965127-1-2(02810)
값 | 11,000 원

- 이 책은 저작권법에 따라 보호를 받는 저작물입니다. 무단전제와 무단 복제를 금합니다.
- 이 책의 내용을 사용하려면 반드시 저작권자와 암사자북스의 서면 동의를 받아야 합니다.